Más Allá

de la

I0675628

Creación

Autor
Jesús Salazar
V. M. Rafiel

Contenido

Prólogo

Un día de primavera mientras leía mi correo electrónico me encontré con un mensaje enviado por mi amigo y hermano del alma, Jesús Salazar. Un gran trabajador a favor de la enseñanza divina del VMA Desoto en la vecina isla de Puerto Rico.

En dicho mensaje me pedía que le gustaría que mi persona hiciera un prólogo a un libro que estaba escribiendo, titulado **"Más allá de la Creación"**. Mi respuesta fue que estaría en la mejor disposición y que lo leería previamente para hacerle los comentarios.

Durante la lectura pude comprobar el gran contenido de conocimiento que tenía dicho libro y con conceptos tan hermosos que encierran una gran búsqueda en su investigación, donde le cabe muy bien el título de "Más allá de la Creación".

El investigador de los conocimientos de este libro ha podido plasmar a través de esta obra, un conocimiento evolutivo sobre el cosmos, comprendiendo a todas sus criaturas o almas que viajan en el espacio infinito en mira de un crecimiento y desarrollo que va desde los pequeños seres micro cósmicos, hasta la evolución a grandes seres macro cósmicos, pudiendo llegar a todo tipo de público espiritual.

Detalla con precisión el camino a tomar hacia las profundidades de Dios y sus diferentes manifestaciones.

El autor en esta obra nos introduce, en todo lo concerniente al tema del alma, profundizando y aportando algo nuevo.

En este sentido los escritos aquí emanados tienen un alto contenido conscientivo sobre las diferentes formas en que evoluciona el alma, su

recorrido, como soplo de vida, como vehículo de representación del Ser; la chispa divina como producto de la conciencia superior de Dios. En fin, nos deleitaremos de estas grandes verdades que se plasman en esta obra.

De igual manera, se explica con mucho detalle el camino divino del alma y su relación con la personalidad. Concluye el autor este tema diciendo que toda alma tiene que buscar el camino de la purificación, de la iluminación, la perfección y por último la ascensión.

En hora buena don Jesús con esta magnífica obra que nos ayudará a todos lo que de una u otra forma andamos por el camino espiritual divino, y que todo este manjar de conocimientos aquí plasmados sea de inspiración a todos los buscadores de Dios.

Como buen discípulo de su Maestro, no me cabe la menor duda de que aquí ha estado la mano de

nuestro muy amado Maestro Desoto, como si estuviera dictando cada una de estas frases, reflexiones y preguntas en cada capítulo de este precioso y hermoso libro.

Vaya pues mis felicitaciones y las bendiciones divinas de la fuerza del universo para que esta obra se expanda y logre lo que los maestros siempre han querido para todos nosotros, nuestra auto realización y unión con nuestro Padre interno para el "Regreso a Casa".

Dr. Ricardo E. Velázquez

Nota de Agradecimiento

En esta obra dedicada a la evolución de la humanidad y, por otra parte, queriendo aportarle algo al crecimiento de la conciencia humana, quiero darle las gracias a mi querida hija July Jerubí Salazar por su gran dedicación, su desinteresado aporte y ayuda para que esta obra se llevara a cabo y llegara con énfasis a todas las personas que andan en busca del conocimiento superior.

Para que los lleve de regreso a casa, ya que muchos seres humanos hemos estado sumergidos en la inmensidad y la longitud de las existencias humanas. July Jerubí Salazar prestó un gran apoyo y esfuerzo para que todo se llevara de acuerdo con el plan divino, ya que ella también es una incansable trabajadora de la luz que siempre está dispuesta a prestar su esfuerzo para que la luz llegue a la conciencia humana y para

que, de una vez y por todas encuentren el verdadero camino de la alta espiritualidad superior.

Gracias,

El autor: Jesús Salazar

Biografía

Jesús Salazar es un ser humano dedicado a ayudar a la humanidad formando diferentes grupos espirituales a nivel internacional, impartiendo cientos de conferencias en P. R. y en otros países.

Sus trayectorias lo han llevado a obtener grandes niveles de conciencia ayudando a otros a escudriñar los misterios que encierra el camino de la alta espiritualidad superior. Sus enseñanzas han sido como escalones de luz para todos sus discípulos. Ha escrito más de 14 obras literarias con alto contenido de conocimiento divino.

Actualmente es fundador de la Confederación de Instituciones Internacionales, INCYS, en la actualidad sus enseñanzas cruzan los mares llegando así a elevar la conciencia de aquellos que pertenecen a esta confederación.

Su obediencia ante sus diferentes gurús fue como cátedra para el comportamiento de otros que seguían este camino y que por descuido espiritual se han descarrilado.

De quien hablamos es un ser muy especial y dedicado a elevar el nivel de conciencia de todos aquellos que a su confederación se acerquen. Su dedicación para ayudar a la humanidad es firme, lo hace con la nobleza que le caracteriza su maestro interno, su misión la cumple con firmeza y con mucho amor hacia aquellos que andan en busca de un cambio radical dentro de la sociedad.

Ese es nuestro guía el V.M. Rafiel.

El Mundo Conscientivo de la Espiritualidad

Existen los diferentes caminos para llegar a Dios y también existen muchos grupos que siguen la espiritualidad para unirse a Dios, esas y esos son almas que han estado en la verdadera búsqueda de la espiritualidad consciente, pero mientras sigan creyendo en que existe un infierno y que las almas se queman en él, todavía no será posible encontrar el verdadero camino conscientivo para unirse con la conciencia superior de Dios.

Existen personas muy religiosas que aún siguen cometiendo delitos en contra de las leyes de la naturaleza y de la Creación, también inconscientemente se dan a la tarea de condenar a muchas personas diciéndole que si no se congregan a su religión no serán salvos y que se quemarán en el infierno, en los famosos calderos donde supuestamente muchas almas han quedado y se han consumido con el fuego de ese lugar, lugar que no sabemos dónde ni en qué sitio o planeta, constelación o sistema solar se encuentra.

Pero un día esos queridos hermanos despertarán del sueño en que ellos se encuentran actualmente. Es el alma la que tiene que impulsar a la personalidad a buscar el verdadero camino conscientivo para llevar a cabo el despertar en el mundo de la espiritualidad superior.

Existe una falsa creencia en la mayoría de la humanidad, muchos hermanos religiosos creen que en el creer está la salvación del alma, el creer es una idea que no está fundamentada en nada, más si usted mi querido lector experimenta, entonces usted está fundamentado en algo que ya sabe, que es muy diferente a creer.

Nuestro amado y querido Maestro Ascendido Desoto dice en muchas de sus obras: "Que el alma es una chispa desprendida de Dios, entonces el alma nunca muere porque nunca ha nacido, el alma es una parte de Dios y si es una parte del creador entonces nunca va a morir, lo que muere es el cuerpo físico, más no el alma".

El verdadero camino espiritual es aquel que nos muestra la verdadera manifestación de Dios en todas sus partes, una de esa parte lo es la grandeza y la magnitud de la creación a nivel cósmico, las grandes Jerarquías Divinas que existen en los diferentes mundos o dimensiones superiores, la manifestación de la naturaleza, las manifestaciones de los diferentes tipos de seres vivos dentro de los reinos ascendentes evolutivos, hay tantas manifestaciones de Dios a nivel de la Creación que nos da a entender la grandeza del Creador en todo lo que existe.

Entonces, no nos podemos fundamentar en las simples creencias, sino darnos a la tarea de convertirnos en un auténtico investigador de la profundidad que existe en el mundo espiritual y en la longitud del camino ascendente evolutivo que nos conduce a la unión con lo divino y con la verdadera conciencia a nivel superior de la creación y sus manifestaciones.

Tenemos que profundizar para desentrañar los grandes misterios del mundo espiritual conscientivo.

¿Qué componemos nosotros en la Creación? ¿Para dónde vamos? Nuestro camino espiritual tiene que ser conscientivo porque no podemos avanzar a través de las emociones por ser esta una de las debilidades de nuestra personalidad.

El camino que nos conduce a Dios es un camino conscientivo, es la vía de comprender y conocer quiénes en realidad somos nosotros los seres humanos y el por qué hay que llegar a Dios.

Un día la humanidad tiene que saber que existen niveles y niveles de conciencia dentro de la inmensidad de Dios y sus manifestaciones.

Creer que existe un Dios no basta, porque es limitarse como alma, tenemos que ser unos verdaderos investigadores de la naturaleza, de lo cósmico, de las dimensiones, de las leyes divinas, y en sí, de todo lo que venga de Dios.

¿Cómo comenzar a investigar las cosas de Dios? Investigándose uno mismo como parte de la creación que somos. La humanidad cree que somos una simple persona y que no hay nada más.

Nosotros somos una chispa divina representando una alma, una alma representando un cuerpo humano y un cuerpo con una personalidad, pero también dentro de nosotros existen muchos cuerpos desconocidos por la humanidad, esos son: los diferentes cuerpos energéticos internos, uno de ellos es el cuerpo del espíritu al que las religiones le llaman en la biblia, que no es más que el cuerpo astral, el cuerpo con el que todas las noches soñamos y que siempre lo hacemos inconscientemente, a veces no nos acordamos que hemos soñado, y nos vienen chispazos de lo soñado; pero existen muchas prácticas que nos enseñan a tener sueños conscientes.

¿Por qué no nos acordamos de esos sueños? Es porque nosotros los seres humanos de esta tercera esfera de la creación vivimos en un sueño profundo dentro de la longitud existencial y no somos conscientes de nosotros mismos ni de nuestros actos.

La espiritualidad consciente nos enseña a despertar de ese sueño existencial profundo, tenemos que crear conciencia del plano del cual existimos.

Este es un plano de leyes muy densas, las cuales hay que trascender. Nosotros tenemos que dejar atrás el mundo de la ilusión y seguir el camino de la verdadera espiritualidad consciente, es el camino de la verdadera unión con Dios.

Hay que trabajar con nuestra conciencia positiva para de una vez y para siempre dedicarnos a ayudar a esta triste humanidad que tanto necesita de este camino conscientivo.

La humanidad sin Dios está huérfana, se encuentra en un laberinto oscuro y sin muchas salidas, el único camino que le queda es el de la liberación del alma por medio de su propia purificación de su personalidad durmiente.

El que sigue este conocimiento superior y lo practica dará testimonio de los diferentes maestros ascendidos como lo es el Venerable Maestro Ascendido Desoto, mi querido gurú y del servidor de esta obra.

Los Archivos Akásicos y la Memoria de la Creación

Nuestra memoria se encuentra registrada en los millones y millones de células existentes en el interior profundo de nuestro cuerpo celular; las experiencias que hemos vivido en cada existencia están grabadas en nuestra alma, en la naturaleza y en la Creación.

Todos nosotros los seres humanos de esta tercera dimensión poseemos individualmente un archivo de memoria en la naturaleza, lo cual se encuentran registradas todas las existencias como humano que hemos tenido en la tercera dimensión.

Esas experiencias están guardadas como recuerdo en el fondo de nuestra alma.

La naturaleza también tiene su propio archivo porque dentro de ella existen los diferentes mundos de seres vivos.

Así como la conciencia y la psiquis están en cada partícula de nuestro cuerpo celular, también existe la conciencia de Dios diluida en el cosmos infinito. Con esto queremos decirle, que también existe una memoria a nivel cósmico, donde quiera que exista la vida, en cualquier planeta, sistema solar, constelaciones o galaxias, ahí existe la memoria de los archivos akásicos de la naturaleza y de la Creación.

En cualquier punto del cosmos que exista un ser vivo, ahí se encuentra la Evolución, porque también ahí está la vida, el movimiento y la conciencia.

Los archivos akásicos son como el libro sagrado de todas nuestras existencias, allí podemos nosotros ir a buscar las diferentes existencias y experiencias que hemos tenido a través de nuestros recorridos, allí se encuentra lo bueno y lo malo que hemos cometido a favor o en contra de la Creación.

En los archivos se encuentran registrados el pleno resultado de lo que hemos hecho, como conciencia que somos.

Cada ser viviente de esta tercera esfera de la Creación tiene su propia gaveta en ese lugar que se encuentra dentro de nosotros mismos.

Tenemos que sensibilizar nuestro cuerpo y purificar el sistema celular para estar más accesible a los mundos internos nuestros, así podemos ir en busca de grandes informaciones que nos pueden ayudar en el camino evolutivo ascendente. Es por lo que no hay que buscar nada afuera, porque todo está a dentro de nosotros mismos.

Es preciso saber que en los archivos akásicos se encuentra registrada todas las iniciaciones del iniciado y para muchos que no saben qué son, tenemos que decirles que las iniciaciones no son más que los grados de nuestro Real Ser interno; lo cual nosotros le llamamos iniciaciones de misterios menores y mayores; así le llamaba el gurú de quien escribe.

El iniciado hombre o mujer que estudia estos conocimientos sabe de qué manera podemos ir a los archivos akásicos, practicando la salida de cuerpo astral constantemente podemos acceder a ese lugar interno que poseemos en el camino luminoso, ascendente y evolutivo.

Nuestro avance en el sendero divino son las diferentes Jerarquías divinas que nos pueden decir en qué grados nos encontramos nosotros en el camino.

Nosotros tenemos que siempre estar comunicados con esas divinas Jerarquías y pedirles con mucho respeto y obediencia que sean ellas que nos conduzcan a investigar nuestras existencias pasadas, grados espirituales o niveles de conciencia.

Desde los planos superiores de conciencia las Jerarquías divinas siempre nos han ayudado y nos seguirán ayudando, porque son ellas las que siempre están trabajando por nuestra evolución y nuestra ascensión a través de las dimensiones.

El conocimiento divino, las dimensiones, las esferas luminosas, los grados de conciencia y los niveles que existen dentro de la Creación, encierran misterios por ser desconocidos por nosotros los seres de esta tercera dimensión. Solo hay que seguir el camino evolutivo para ir en busca de nuestro objetivo que se encuentra dentro de ese misterio que encierra la Creación en los archivos akásicos de la naturaleza y sus manifestaciones.

En el fondo del alma se encuentran grabadas todas las andaduras y las existencias que nosotros hemos tenido en el largo camino del despertar de nuestra personalidad.

Nosotros somos el resultado de lo positivo o negativo de nuestra vivencia actual.

Los seres vivientes tridimensionales no sabemos quiénes somos en realidad, porque hemos recorrido tantas existencias por el reino humano que desconocemos o no sabemos quiénes somos. Hemos hecho el largo recorrido de las existencias, por lo que nosotros mismos somos los que nos hemos convertido en un verdadero enigma y tenemos que investigarnos para saber cómo hemos construido nuestro resultado actual.

Nuestra alma ha tenido diferentes existencias en los diferentes continentes y países, es de esa manera que el alma va construyendo las culturas que forman las diferentes facetas conscientivas que están registradas en los archivos akásicos de la naturaleza y de la Creación.

También, queremos decirle que nosotros tenemos nuestra propia memoria, ubicada a través de nuestro cuerpo celular interno. La memoria está diluida en cada átomo de nuestro cuerpo físico y de los diferentes cuerpos, sean moleculares o celulares.

Dentro de la Creación todo ser humano tiene su propia memoria, solo que esta se encuentra regida por leyes superiores pertenecientes a otro plano.

El ser humano no puede tener acceso a dicha memoria porque poseemos una personalidad muy dormida, no comprende las profundidades de la Creación ni por qué debemos tener una memoria sujeta a leyes superiores de otros niveles de Jerarquías Divinas.

Tenemos que avanzar en el camino que nos conduce a nuestro verdadero hogar y hacer crecer nuestra conciencia para comprender otro tipo de conocimientos dentro de la Creación.

La Creación también tiene su propia memoria, esa se encuentra diluida en la inmensidad del cosmos infinito, es similar al fluido de la energía cósmica que viene descendiendo de galaxias en galaxias, de sistemas solares en sistemas solares, de soles en soles y de planetas en planetas para llegar definitivamente a nosotros, los seres humanos de este planeta y otras humanidades, habitantes de otros confines del cosmos infinito.

Nuestra memoria es hija de la Creación, la Creación es Dios, y Dios es nuestro verdadero Padre.

Hemos dicho que nuestra memoria se encuentra diluida en todo nuestro cuerpo y la memoria de la Creación está también diluida a través del cosmos infinito. El cosmos y la Creación es el cuerpo vivo de Dios.

"Si practica este
conocimiento e investiga las
profundidades de la
Creación se convertirá
en un ser consciente"

La Integración de los Reinos en Nuestro Interior

En todas las dimensiones existe un avance conscientivo el cual nosotros como seres vivientes de la creación tenemos que lograr para poder integrar las facetas de todas las conciencias de ese reino viviente.

Tenemos que estar conscientes dentro de cada dimensión; no importa en qué reino nos encontremos, tenemos que estar despiertos para poder cumplir nuestra misión en el camino de la evolución superior.

El camino de la evolución superior consiste en cumplir todas las leyes superiores de la creación.

Por cada reino que nosotros hemos pasado han quedado integradas dentro de nuestro interior todas las conciencias de las diferentes facetas conscientivas, eso es lo mismo que construir nuestros propios mundos internos.

Nosotros no podemos tener integradas las conciencias de los reinos superiores sin haber pasado por ellos.

La conciencia de todos los reinos se integra cuando nosotros pasamos por cada uno de ellos. Integrando la sabiduría y la conciencia de cada faceta de los reinos, podemos trascender e integrarlo dentro de nosotros mismos.

Tampoco podemos tener acceso a los planos superiores de conciencia sin haber alcanzado un nivel de conciencia superior al plano al cual pertenecemos.

Por eso es importante cumplir con nuestra misión por el paso de cada reino de la creación.

El camino hacia el macrocosmos es largo, por lo tanto, tenemos que despertar en cada reino en que nos encontramos, para así poder trascender las leyes que nos rigen en la naturaleza, en el planeta y en cualquier dimensión en la que nos encontramos.

Si nosotros no hacemos el trabajo interior, no podemos avanzar en el camino evolutivo de nuestra alma. La limpieza interior nos da sabiduría y nos llena de luz.

Tenemos que saber que cuando estamos trabajando nuestro interior se activan los procesos iniciáticos, entonces comenzamos a pagar las deudas kármicas, nosotros venimos a saldar cuentas con las leyes divinas; es ahí donde comenzamos a limpiar nuestro propio laberinto oscuro interno nuestro.

Cuando hablamos del avance conscientivo estamos hablando de que hay que limpiarnos internamente y pagar las deudas que tenemos con las leyes divinas, esas deudas se pagan por medio a los procesos que tenemos que pasar, sea con un accidente o con una enfermedad, también puede ser con un proceso moral.

Este es el camino de la autorrealización íntima del Ser, es donde nos limpiamos internamente de todos los defectos psicológicos que a través de muchas existencias hemos adquirido y nos hacen retroceder en el camino que nos conduce al divino creador de todo lo que existe.

En este camino encontramos la evolución de nuestra alma.

Es aquí donde podemos elevarnos a los planos superiores de conciencia rumbo al mundo de la energía, al mundo evolutivo de los dioses.

Es importante trabajar nuestro interior, expulsar de nuestro interior toda gama de energías negativas que atrasan nuestro avance evolutivo conscientivo.

Tenemos que llegar a la verdadera iluminación de nuestra alma, tenemos que unir el alma con el Real Ser.

Hay que trabajar con nuestro interior y cumplir nuestra misión.

Tenemos que convertirnos en almas iluminadas para poder guiar a otras que andan en busca del sendero divino y que quieren llegar a otros planos superiores de conciencia.

Hay que cumplir nuestra misión en este plano tridimensional y a la vez internalizar todas las conciencias de este reino y todas experiencias positivas en nuestro interior, es así como se trascienden los reinos de la creación, ese es el verdadero avance conscientivo de nosotros los seres vivientes de esta dimensión.

La clave del avance evolutivo de todos nosotros es: la internalización de todas las conciencias de los reinos en nuestro interior, entonces podemos pasar al siguiente reino evolutivo de la Creación y seguiremos avanzando por el camino hacia el gran nacimiento "Más allá de la Creación".

Dentro de los elementos del reino mineral, vegetal y muchos menos en el reino animal no existen los defectos egoicos, no existe la evolución por medio a la limpieza interna, solo existe la evolución de acuerdo con las leyes que rigen esas dimensiones primarias de la naturaleza y de la Creación.

En esas dimensiones es donde existen los elementales que vienen en evolución al reino humano. Estos elementales vienen en ascensión hacia los reinos y dimensiones superior, ellos están bajo la ley de la evolución, pasando a la tercera dimensión como alma que vienen con la conciencia integrada de esos reinos primarios de la naturaleza y de la creación. Es ahí donde nosotros como alma tenemos que seguir el camino evolutivo hacia los otros reinos y dimensiones superiores para seguir integrando la conciencia de los diferentes reinos de la Creación y del cosmos.

Hablamos del cosmos porque la conciencia cósmica está diluida en toda la creación, en las diferentes dimensiones y mundos que existen.

Es por eso que si integramos a Dios en nuestro interior es lo mismo que integrar la conciencia de todos los reinos de la Creación.

En Busca de Nuestra Individualidad Superior en La Creación

Desde el preciso momento en que nosotros nos desprendimos como chispa divina del Creador, desde ese instante comenzamos nuestra propia individualidad. Ya no como superior, sino como elemental, porque ahí estábamos en el principio de los principios de la vida. Todavía apenas estábamos comenzando nuestro principio en la Creación.

Estábamos naciendo como una conciencia diminuta para comenzar nuestro descenso a los reinos primarios de la Creación. Y así comenzar nuestro recorrido ascendente evolutivo, integrando la conciencia de los diferentes planos en sus diferentes facetas conscientivas.

Ya en el camino ascendente y caminando en el sendero divino, comienzan las diferentes leyes de todas las dimensiones a regirnos en el camino que nos conduce a nuestro verdadero hogar.

Entonces, nuestro verdadero origen es la luz, nuestro objetivo es tener una individualidad superior, y a la vez, construir nuestros mundos internos individuales, porque la Creación y todos nosotros somos del divino Creador de todo lo que existe, más nosotros tenemos que construir lo nuestro, nuestra creación interna propia. Ese es el objetivo de la individualidad como conciencia y también es nuestro propósito construir, como he dicho anteriormente, nuestros mundos internos, nuestra naturaleza interna.

La conciencia superior de Dios es una conciencia cósmica, universal, galáctica, solar y planetaria. ¿Creen ustedes que por el paso de los diferentes mundos y humanidades superiores llegaremos a obtener un nivel de conciencia de todo lo mencionado? Nosotros en cada reino crecemos como conciencia que somos en la Creación.

Todos nosotros somos dioses en miniaturas, tenemos todos los elementos de la creación dentro de nuestro interior, lo único que poseemos en pequeños grados es nuestra conciencia.

En el desprendimiento como chispa divina, nuestro creador nos dio nuestra propia individualidad dentro de su cuerpo, que no es más que la creación y el cosmos infinito.

Entre la integración de la conciencia, los elementos de la creación, los mundos internos y la evolución, obtendremos nuestra propia individualidad superior cósmica; es el crecimiento del hijo de Dios individual.

¡Qué lejos está la humanidad de la verdadera realidad divinal! Desconoce totalmente lo que es el camino que nos conduce a Dios.

Desde que comenzamos a existir comenzamos nuestras andaduras a través de los elementales, las dimensiones y los niveles de conciencia. El objetivo de nuestra chispa divina es navegar por los diferentes mundos y niveles de conciencias en los mundos sumergidos de las dimensiones superiores, buscando su propia evolución en el ir y venir de la creación y sus manifestaciones.

Somos una verdadera chispa divina proveniente de la conciencia superior de Dios, solo que le hemos puesto un traje psicológico negativo, el cual ha opacado su misión por su andadura de las existencias por este tercer plano de conciencia humana.

Dentro del Creador de todo lo que existe se encuentran todos los elementos y componentes de la creación misma, entonces, nuestra chispa divina es una partícula de luz de esa conciencia superior de Dios, la cual posee los elementos para integrar la misma experiencia de la propia creación.

A través de los reinos ascendentes de la Creación, esa chispa divina va tomando diferentes cuerpos en las diferentes dimensiones para de esa forma completar las facetas de conciencia adquiridas de ese plano.

A medida que esa chispa va ascendiendo, se van formando los niveles y niveles de conciencia luminosa por el camino ascendente en busca de su verdadera misión; la individualidad superior, ya que poseemos una individualidad no superior sino en nuestro propio grado actual.

Mientras más elevada sea la dimensión, más elevada es nuestra conciencia individual, nuestro objetivo es pasar por los diferentes mundos en busca de nuestro principal objetivo: La elevación de nuestra conciencia individual.

La conciencia no tiene principio ni tampoco tiene fin, esto es igual a la misma evolución que tampoco tiene fin.

También tenemos que saber que la vida no tiene principio ni fin.

Hablando más profundo de este conocimiento tenemos que decir que la creación es un conjunto de vida que conforman los diferentes reinos existentes, los cuales están sometidos a la plena evolución, y que, sucesivamente, sostienen la misma vida. Existe la vida en los reinos, en las dimensiones y más allá de esta creación, entonces, ¿tendrá fin la vida? Si la vida no tiene fin, tampoco tendrá fin la evolución y los niveles de conciencia.

¿Qué es la conciencia? Son las múltiples experiencias que uno va integrando a través de la Creación y sus diferentes dimensiones o mundos.

Nuestra chispa divina es el pleno resultado de una conciencia superior que un día nos desprendimos de ella para salir o bajar en busca de esas experiencias que necesitamos para construir nuestra propia creación interna.

La internalización de todas las conciencias de todos los mundos, reinos de la creación y dimensiones, es el comienzo de nuestra propia creación interna individual, entonces, cabe decir que esa chispa divina nuestra obtendrá su propia individualidad superior cósmica, por tanto, seremos una creación con todos nuestros mundos internos lo cual hemos creado a través de eternidades y eternidades.

También tenemos que decir que para alcanzar los niveles superiores de conciencias hay que pasar por la evolución de los tantos y muchos reinos desconocidos que tiene esta creación.

Nuestra chispa divina, a medida que va avanzando a través de las dimensiones, va obteniendo los diferentes niveles superiores de conciencia, es decir, convirtiéndose en una conciencia superior con su propia individualidad.

Todos los elementos que componen la naturaleza, sus reinos, las dimensiones, todos los seres vivos, todos los mundos, los grados de conciencia, los niveles superiores de las diferentes humanidades que existen, las diferentes Jerarquías Divinas, las galaxias, los planetas y las constelaciones, todas esas manifestaciones conforman el sendero divino que nos va a conducir a la gran evolución superior, más allá de la creación.

La Parte Conscientiva del Alma

Mucho se ha hablado de lo que es el alma y también de lo que es la conciencia en nuestro interior.

¿Qué es lo que nos une con Dios? El alma es un soplo de vida que conjuntamente con la chispa divina tienen la misión de ir evolucionando a través de todos los reinos que componen la Creación.

El alma es un vehículo que representa al ser, de esa manera el ser que mora en nuestro interior profundo viene a buscar sus propias experiencias que no es más que la integración de todas las conciencias que existen en las dimensiones, en los reinos y en los diferentes mundos que existen en la Creación para así ir evolucionando e ir creciendo para formar su propia individualidad superior.

La chispa divina es el ser que mora en secreto en nuestro interior. La chispa divina es producto de la conciencia superior de Dios; ¿Qué es la conciencia? Es luz diluida, y si nos desprendimos de ella es porque somos una diminuta conciencia que tiene como misión crecer a través de los diferentes reinos obteniendo la experiencia que se necesita para ir en evolución y convertirnos en una conciencia superior.

Queremos decirle que somos una misma cosa: la conciencia y el ser, el alma no crece lo que crece es la conciencia, el alma se endeuda y luego se purifica para entonces unirse con el ser, ya unida el alma con el ser se forma lo que se llama: Dios hecho hombre; cabe entonces hacer una pregunta, ¿Dónde queda el alma si ya se unió con el scr y el ser toma a la personalidad para expresarse?, Ya no sería el alma que dominé a la personalidad sino el ser.

¿Dónde queda que el alma trae o bajo a buscar experiencias a través de los reinos de naturaleza?

El alma es un soplo de vida el cual mueve el cuerpo físico teniendo en su interior la chispa divina que no es más que la parte conscientiva del alma.

Si Dios es vida entonces el soplo de vida que es el alma, es cierto que el alma es una parte de Dios.

Cuando uno se internaliza dentro de su mundo interno no es el alma la que lo hace, es la parte conscientiva la que viaja junto con el soplo de vida, estamos hablando de la salida en cuerpo astral.

No es lo mismo los mundos internos nuestros que los mundos sumergidos de la Creación, esos mundos sumergidos pertenecen a la Creación misma del Creador, esos son los que nos van a dar las experiencias y las sabidurías para nosotros crear lo nuestro, nuestra propia creación interna.

Esc es el avance conscientivo de nuestra chispa divina. En la quinta dimensión o en la sexta no es el alma la que posee un cuerpo de luz o de energía, es el ser, la chispa divina ya con un nivel de conciencia más elevado al que existe en la tercera esfera de la Creación.

Como nosotros no hemos construido nuestro propio mundo interno, entonces no existe la experiencia internalizada en nuestro interior, eso porque aún no hemos pasado por los planos superiores de conciencias, los planos, los mundos, las dimensiones o los reinos están llenos de sabiduría de la conciencia del cuerpo de Dios.

La Creación es la formación de los diferentes mundos que existen en el cosmos infinito, todo esto constituyen el cuerpo de Dios, eso lo hace ser el Creador de todo lo que existe, el Dios de todos los seres vivos; entonces Dios creó todos sus mundos internos que viene siendo la misma Creación, él es un Dios completo, más nosotros no hemos construido los nuestros, tenemos que construir nuestra propia Creación interna para dejar de ser dioses en miniaturas y convertirnos en dioses creadores de todo lo que existe dentro de nosotros mismos.

El Venerable Maestro Ascendido Desoto decía: "que todo lo que hay por fuera, está por dentro, las dimensiones, los mundos, los reinos y todo lo que tiene que ver con la Creación".

El investigar la creación es sumergirse dentro de los desconocidos y dentro de la inmensidad y la longitud del cosmos y sus misterios.

Aún nosotros los seres humanos que estudiamos este conocimiento superior no conocemos en su totalidad este plano tridimensional.

Nosotros tenemos que conocer nuestro interior profundo y la conexión con la naturaleza, con el cosmos y sus influencias.

Conociéndonos nosotros mismos podemos conocer los diferentes misterios que encierran los componentes que nos unen con los mundos sumergidos de la Creación y sus manifestaciones.

Todos los seres vivos tienen su parte conscientiva, unos los tienen a nivel elemental otros los tienen a nivel de alma y otros se encuentran en una escala superior, esas son las altas Jerarquías Divinas pertenecientes a otro reino altamente evolutivo donde solamente existe la luz, las energías y el fuego sagrado de los dioses.

El objetivo de la chispa divina de venir en busca de experiencias es de internalizar la conciencia de cada mundo y de cada reino existente de la naturaleza y de la Creación, para luego obtener su propio crecimiento evolutivo y su propia individualidad superior.

De hecho, la individualidad de la chispa divina se encuentra desde el mismo momento que se desprendió del divino Creador, pero necesita obtener una individualidad que sea superior, por eso, es que viene en busca de experiencias, también queremos dejar claro que la misión no es del alma ya que ésta es un soplo de vida, la misión es de la chispa divina por ser ésta una diminuta conciencia, y si no es una conciencia no existiría la conciencia elemental de la naturaleza, entonces, ¿Qué es lo que evoluciona? Es la parte conscientiva de cada ser viviente de cada mundo.

Los Diferentes Grados de la Conciencia Divina

Tenemos ahora que hablar de las diferentes manifestaciones de la conciencia; la elemental pertenece al mundo o reino mineral, vegetal y animal. Esa se desprende del divino Creador de todo lo que existe.

Esa conciencia, no importa que sea elemental, sigue siendo divina porque trae la fuerza de la Creación y ella es la misma manifestación de Dios.

Es una que pertenece a los reinos pertenecientes a la naturaleza, son elementales que vienen en evolución hacia otro reino más evolucionado, ese elemental es el que posee la conciencia divina en su pequeñísimo grado.

Si nosotros venimos cruzando por los diferentes reinos primarios como esencia o elemental, es porque traemos una conciencia del divino creador.

Nosotros somos una chispa divina desprendida de Dios, por lo tanto, traemos una conciencia que, aunque sea elemental no deja de ser una divina en su pequeño grado.

La conciencia en el reino humano; ya ahí se divide en varios tipos, tenemos la elemental, profesional, intelectual y espiritual. En ese reino humano las personas común y corriente no saben lo que es la conciencia divina o la negativa, desconocen totalmente que traemos una elemental proveniente de los reinos primarios de la naturaleza. Por lo tanto, a medida que nosotros pasamos por las diferentes existencias por la cual hemos pasado, venimos construyendo en nuestro interior los diferentes grados de conciencia positiva o negativa.

La positiva es una de las partes divinas que poseemos en nuestro interior. Entonces, tenemos que trabajar psicológicamente para transformar los grados negativos que tenemos en nuestro interior profundo.

Una vez en este reino nosotros tenemos que poner nuestros grados conscientivos al servicio de la divinidad, de esa manera podemos cumplir con nuestra misión.

Hablando evolutivamente, en la tercera dimensión podemos decir que tenemos la gran oportunidad de trabajar por la humanidad y ponernos al servicio de la luz, de esa manera nuestros grados de conciencia se elevarían alcanzando un nivel conscientivo evolutivo; pero si no trabajamos con la purificación de nuestra personalidad no podemos obtener un nivel de conciencia superior divinal.

La conciencia superior se obtiene a través de los múltiples trabajos y servicios por la humanidad y por nosotros mismos.

Nosotros tenemos que transformarnos en guerreros de la luz, tenemos que llevarla a las almas que viven en el mundo de la ilusión.

Esas almas hay que llevarlas por el sendero divino de regreso a casa, pero ya con una conciencia superior luminosa.

A través de muchas existencias hemos venido caminando por un sendero oscuro cometiendo infracciones en contra de las diferentes leyes de la Creación, pero una vez conociendo qué es la conciencia y de dónde viene, podemos iluminar nuestro camino evolutivo conscientivo. Entonces, estaremos en el sendero divino camino hacia el gran nacimiento que nos llevaría a ver otros reinos más allá de la Creación.

La conciencia divina está diluida en cada elemento de todos los reinos, en los elementales, en el aire, en el agua, en todo cuanto existe se encuentra la conciencia divina.

Desde el momento que la persona comienza a buscar el camino divino, desde ese instante comienza el recorrido de regreso a casa, rumbo hacia su verdadero origen.

Debemos saber que en el sendero divino es importante el servicio por la humanidad y el trabajo interno que tenemos que realizar, porque no es posible la llegada a nuestro origen sin haber purificado nuestro interior y sin haber expulsado de nuestra mente los agregados psicológicos que nos obstaculizan nuestro avance espiritual.

Tenemos que hacer crecer nuestra conciencia positiva divina en nosotros para poder incorporar la luz en nuestro corazón.

En el sendero divino la podemos hacer crecer a medida que uno vaya ayudando a otra alma a encontrar la forma de liberarse de su atadura psicológica que por muchas existencias viene arrastrando y que la tiene sumergida en el mundo de los errores y de los vicios.

Si ayudamos a las almas que andan en busca del sendero divino, nuestros trabajos por la humanidad serían más brillantes y nuestra conciencia brillará más en nuestro interior.

En este camino es importante aumentar nuestro grado de conciencia para poder trascender a otro nivel de conciencia superior, es de esa manera que iremos acercándonos a nuestro padre que aguarda nuestra llegada a casa.

Tenemos que integrar la conciencia de cada reino para poder evolucionar y pasar a planos superiores. En el reino humano la energía es diferente a otro plano superior, porque en un reino más elevado existe otro nivel de conciencia más superior, la energía es más sublime y menos densa que la de este plano de la tercera dimensión en la cual nos encontramos los seres humanos.

La conciencia superior se incorpora cuando uno ha purificado su interior de todos los defectos que le obstaculizan su existencia.

Tenemos que hacer un trabajo de purificación interior y liberar nuestro Ser de todas las deudas kármicas. Entonces podemos liberarnos de todos los procesos y sufrimientos a los cuales hemos sido sometidos por muchas existencias y que no nos damos cuenta por qué hemos venido a pagar con sufrimiento todo lo que estamos pasando en este mundo tridimensional.

La conciencia cósmica está diluida en cada elemento que constituyen los diferentes reinos de la Creación.

En cada reino existe o se encuentran las cuatro fuerzas de la Creación a nivel cósmico, esas tienen que ser integradas por cada ser viviente que exista dentro de ese reino.

Todos los reinos de la Creación constituyen las cuatro fuerzas cósmicas que van a formar la propia creación interna individual de cada Ser Superior, como lo es el Dios de todo lo que existe.

Sin la integración de las cuatro fuerzas cósmicas no es posible ver o pasar más allá de la Creación, tampoco es posible la evolución superior.

Hemos dicho que nuestro propio mundo interno somos nosotros mismos que lo formamos a través de nuestro avancc conscientivo y este se logra a medida que uno va haciendo el trabajo sobre sí mismo.

La Evolución de los Dioses hacia el Gran Nacimiento

A través de las existencias, de los reinos, de las dimensiones, de las esferas luminosas recogemos las experiencias y los elementos de la Creación para poder ver el gran nacimiento de un Creador. Si Dios nos da la vida es porque en la Creación existe la energía, es porque el cuerpo de Dios está vivo, es porque tiene energía.

Dios es ese ser supremo, es nuestro padre que nos lo da todo, porque todo está dentro de él, si sabemos que todo está dentro de él entonces, ¿cómo es su exterior?, ¿alcanzaremos nosotros a comprender la grandeza de ese exterior?, ¿habrá otra creación paralela? He ahí el título de esta obra "Más allá de la Creación" nunca dejaremos de nacer ni de evolucionar, seremos grandiosos en la inmensidad de la individualidad superior macro cósmica, nunca dejaremos de evolucionar seguiremos el misterio de lo infinito.

Nosotros somos una diminuta conciencia dentro de esta Creación, somos embriones de dioses en crecimiento haciendo el trabajo para ayudar a otras almas a trascender el camino de las formas.

Tenemos que hacer conciencia e incorporar todos los componentes del cuerpo vivo de Dios porque a través de los reinos de la creación podemos obtener un acercamiento a los niveles más altos de conciencia provenientes de la conciencia superior del creador.

Existe la energía dentro de todos los componentes de Dios. Debemos incorporar plenamente la energía de la Creación, porque no es lo mismo la energía individual de cada uno de nosotros que la energía de la Creación en su máxima expresión.

Todo lo que existe se mueve a través de la energía y de la Creación; si el cuerpo de Dios no tuviera energía no existiera la vida dentro de la Creación.

Nuestra vida proviene de Dios porque él es la Creación y nosotros estamos dentro de su cuerpo.

Todos nosotros llevamos el nombre de criatura humana, criatura viene de creación y humano viene de cuerpo, entonces podemos decir que somos dioses en miniaturas, que somos micro-universos, porque somos hechos a imagen y semejanza de Dios, eso nos da a entender que somos hijos del Creador sin haber nacido más allá de la Creación.

Tenemos que lograr el gran nacimiento más allá del fuego cósmico de Dios. Todos nosotros venimos del fuego y tenemos que volver al fuego, pero al fuego cósmico de Dios. Jesús dijo: "Y yo estaré sentado al lado del padre; la evolución continúa, como también continúa la conciencia".

Existen muchos grados de conciencias dentro del cuerpo de Dios, pero también existen muchos grados de conciencia individual, por eso es el significado de la evolución y de la conciencia que no tiene profundidad, simplemente tiene continuidad.

Existen microcosmos, el cosmos, pero también existe el macrocosmos.

La profundidad del conocimiento divino no tiene límite, porque nosotros tenemos conocimiento y también tienen conocimientos los maestros de la luz, ascendidos, ángeles, arcángeles, serafines, potestades, dioses y tronos, entonces, ¿de dónde viene la conciencia superior de nuestro creador?, ¿Estará Jesús al lado del creador, al lado de ese gran ser?, ¿Estará en la novena dimensión o camino a ella, más allá de la Creación?

Todos nosotros estaremos de regreso a casa igual que Jesús el Cristo porque él muy claro lo dijo: "Mis padres me esperan", También dijo: "Y yo estaré a la diestra del padre".

La gran ventaja del iniciado es continuar su evolución a través de los cuerpos sutiles, de esa manera podemos llegar hacia nuestro origen "La luz".

Es indispensable que nosotros los seguidores de la luz nos convirtamos en instructores de la humanidad, en almas guías, solo así podemos tener las diferentes puertas abiertas hacia otras esferas luminosas, la cual nos va a conducir hacia nuestro origen que es la luz.

Nuestra misión es el impulso para limpiar el camino que nos conduce a nuestra verdadera casa.

Tenemos que trascender la dimensión del sufrimiento, de la materia densa y también tenemos que trascender nuestro cuerpo celular, para salir de la densidad a lo sublime de una dimensión densa a una superior donde no exista la debilidad del sueño físico ni tampoco la debilidad de alimentar un cuerpo de materia celular.

Todos nosotros tenemos las cuatro fuerzas de la Creación integradas en nuestro interior, pero a nivel de nuestra conciencia.

Una vez alcanzado un grado superior de conciencia, una conciencia de un maestro de la luz, un maestro ascendido, ya podemos decir que vamos en el camino de los dioses.

Inmediatamente uno llega a la maestría comienza entonces a integrar las cuatro fuerzas cósmicas de la Creación, porque no es lo mismo las cuatro fuerzas de la creación individual que las fuerzas cósmicas.

Un Dios para poder seguir su evolución tiene que integrar la fuerza cósmica del Cristo, la fuerza del Espíritu Santo, la fuerza de la Madre Cósmica y la fuerza del Padre Cósmico, entonces comienza abrirse la puerta de una gran evolución hacia otra creación, es por eso que tenemos que integrar las cuatro fuerzas cósmicas de la creación para que se pueda abrir la puerta de la gran evolución superior, esa evolución es el objetivo común de los dioses santos, ¿o acaso podemos creer que hasta ahí llegan los grados de conciencia de los dioses?

Hay que seguir integrando los grados de conciencias, ellos son los que nos van a llevar al verdadero nacimiento a ver a nuestros verdaderos padres, a nuestro verdadero hogar.

Un Dios que integre las cuatro fuerzas cósmicas de Dios está listo para convertirse en un creador de su propia creación interior; un creador de todo lo que existe.

La evolución no tiene fin ni tampoco tiene fin los grados de conciencia, porque ellos continúan más allá de la creación.

El objetivo de nosotros pasar por todos los reinos de la Creación es: integrar en nuestro interior todo tipo de experiencias y también todos los elementos que en ellos existen, una vez que nosotros integremos los elementos de la creación podemos decir que tenemos en nuestro interior las cuatro fuerzas de la Creación a nivel cósmico.

La fuerza del Padre Cósmico, la de la Madre cósmica, la del Cristo Cósmico y la del Espíritu Santo Cósmico, esas cuatro fuerzas constituyen los elementos y los componentes para convertirnos en un cuerpo vivo que tenga su propia creación superior individual, esa es la verdadera conciencia cósmica individual.

No podemos dar salto en la Creación, todos tenemos que pasar por todos los reinos porque si no estaremos incompletos dentro de la Creación, nos faltarían experiencias y nos faltarían grados de conciencias.

La Humanidad y Nuestra Creación

Cuando hablamos de la Creación estamos hablando de algo muy inmenso que incluye lógicamente la grandeza y la expansión del cosmos infinito; donde se encuentran las diferentes galaxias y sistemas solares. ¿Cuántos sistemas solares y galaxias hay en ese inmenso espacio infinito?

Si dentro de nuestra creación se encuentran los diferentes reinos evolutivos, ¿dónde se encuentran las diferentes formas de vidas?, y si sabemos que todo evoluciona, que hasta el mismo cosmos evoluciona, entonces tiene que haber algo más allá fuera del cosmos, porque la misma palabra lo dice: "evolución".

Nosotros los seres humanos que habitamos en este planeta somos dioses en miniaturas, somos hechos a imagen y semejanza del Creador. Entonces, ¿cómo es el Creador? He ahí la palabra de que somos dioses en miniaturas porque Dios es energía, materia, luz, vida, conciencia y todo eso lo tenemos nosotros.

Pero ¿cómo es la materia de ese Dios creador de todo lo que existe? ¿Tendrá la misma materia que nosotros tenemos?

¿Por qué él tiene que ser el único padre de todos nosotros y nosotros ser los hijos de él? Entonces, dice un gran y divino maestro ascendido llamado el Maestro Desoto: "Que el cosmos es el cuerpo vivo de Dios y que todos nosotros estamos dentro de él".

Queremos que usted comprenda y entienda que abra su mente, que de acuerdo con su conciencia y su grado comprenda que la evolución sigue, no se estanca, y que la continuidad sigue.

Existen los reinos de la naturaleza y para poder plasmar el conocimiento que queremos dar tenemos que mencionar los diferentes reinos;

primero: está el reino mineral y el vegetal. En esos reinos se encuentran las diferentes especies de piedras y también de las plantas. En el segundo reino están los animales y en el tercer reino estamos nosotros los seres humanos.

El reino de la luz, el reino angelical, el de los Maestros Ascendidos y por último la octava dimensión; estamos hablando de las dimensiones que se encuentran dentro del cuerpo de Dios.

Si la novena dimensión es la dimensión del divino Creador, ¿cómo es esa dimensión? ¿Será que existe la continuidad de la Creación? ¿Habrá una creación paralela? ¿De dónde proviene la energía del cuerpo vivo de Dios? ¿Cómo se llamarán esos reinos al cual ese gran Creador de todo lo que existe pertenece?

Esos son los inmensos reinos desconocidos que en otro libro hablamos.

Desde esos reinos no conocidos por esta humanidad es que proviene la energía del cuerpo vivo de Dios.

Si los diferentes cuerpos vivos se alimentan de la energía proveniente de los reinos de la naturaleza y para poder vivir se necesita energía, entonces, el cuerpo vivo de Dios necesita la energía de los diferentes reinos desconocidos por nosotros los seres humanos.

Ahora vamos a hablar de la evolución. Si el alma evoluciona a través de las formas y los diferentes reinos que existen, y nosotros nos convertimos en Maestros de la luz, luego en Maestro Ascendidos, ángeles y arcángeles hasta llegar a convertirnos en dioses, ¿cree usted que hasta ahí llegó la evolución y el camino? Hasta ahí no llega el camino porque todavía no hemos llegado a casa.

El camino de los dioses no es corto, pero tampoco tiene fin porque la evolución sigue su continuidad, ningún Dios puede estancarse, su conciencia sigue evolucionando, creciendo y creciendo hasta alcanzar el gran nacimiento evolutivo superior de su conciencia individual.

Jesús dijo: "Mis padres me esperan", también dijo: "Y yo estaré al lado del padre".

Si los dioses santos poseen energía y ellos evolucionan, ¿hacia dónde van a evolucionar, a qué dimensión irán ellos, con qué tipo de energía?

Tenemos que saber por lógica superior que si los dioses evolucionan tienen que pasar por la novena dimensión, que no es ni más ni menos que la continuidad de la creación donde existen dioses de creaciones.

¿Qué gran misterio encierra la palabra "evolución"? Ella tiene un gran significado y una gran profundidad, no se sabe dónde comienza la palabra "evolución", porque tampoco podemos decir que comienza en los

69

reinos de la naturaleza, porque dónde queda que somos chispa desprendida de Dios, y de donde proviene ese Dios; son muchos los misterios que encierra esa palabra "evolución".

En cada reino, nosotros como conciencia que somos, tenemos que trabajar y aumentar nuestros grados espirituales, así también los dioses santos se pasan muchas eternidades para poder evolucionar sus grados en que se encuentran; esos dioses trabajan con humanidades altamente espirituales y ascendidas.

Estamos hablando de un conocimiento que va más allá de nuestra diminuta mente, quizá hasta de cualquier persona que tampoco entienda que existen las dimensiones superiores ni las profundidades del mundo espiritual.

Apenas nosotros los seres humanos estamos navegando en el valle de las existencias, caminando por un laberinto oscuro que nosotros por no saber quiénes somos, venimos cometiendo errores para pagar con duros procesos esas violaciones que cometemos en contra de la Creación y de la gran obra del padre.

Desde el grado en el que nos encontramos los seres humanos nos queda mucho trabajo que hacer, primero tenemos que investigarnos nosotros mismos, saber quiénes somos y de qué estamos hechos, cuál es nuestra misión dentro de la gran obra del padre, cuál es el objetivo y por qué tenemos que evolucionar como hijo del Creador, por qué tenemos que recorrer el camino a través de los reinos de la Creación, ¿cuál es el objetivo de ir creando conciencia por cada reino que pasamos? ¿Cuál es ese misterio que encierra el cúmulo de todas las experiencias de los diferentes reinos?

¿Será está la formación de un Creador de todo lo que existe?

Los Mundos Evolutivos de los Reinos

Cada dimensión tiene sus mundos y en cada mundo existe la sabiduría, la conciencia y los diferentes grados que poco a poco tenemos que ir incorporando; solo así podemos evolucionar las dimensiones y las diferentes facetas de conciencia que nos hacen trascender una dimensión o un reino.

Para llegar a ser un Dios tenemos que incorporar todo lo que tenga que ver con la conciencia, no podemos brincar una faceta de conciencia de uno de los reinos de la Creación.

Un maestro de la luz, un maestro ascendido a incorporado la conciencia que existe en el reino humano y en el reino de la luz, también ha incorporado la sabiduría que existe en las dimensiones superiores, como lo son: las Sexta Dimensión y la Séptima Dimensión, ellos tienen la conciencia y la sabiduría de esos reinos y esas dimensiones, pero todavía le faltan por incorporar los demás reinos y dimensiones que existen en la Creación.

Aún los dioses santos le faltan por integral todas las conciencias de los diferentes reinos desconocidos por nosotros los seres humanos.

Los maestros ascendidos van camino al reino de los dioses donde tendrán que cumplir con otras misiones para poder seguir su evolución a otros grados de conciencia superior.

Un Dios santo tiene la conciencia y la sabiduría de los reinos por donde él ha pasado. ¿Cuál es el objetivo de ir evolucionando todos los reinos de la Creación y cumplir con nuestra misión en cada uno de los reinos? ¿Para dónde tenemos que ir o llegar? ¿Será al verdadero nacimiento? ¿Será que tenemos que nacer a una nueva creación y que para nacer en esa nueva creación tenemos que incorporar todas las conciencias de todas las dimensiones, de todos los reinos que existen y que también tenemos que incorporar las cuatro fuerzas cósmicas para poder formar nuestra propia creación interior?

Nosotros los seres humanos tenemos las cuatro fuerzas de la creación integradas en nuestro interior, en nuestros cuerpos, esas fuerzas son: las fuerzas cósmicas común, por eso, es que somos dioses en miniaturas porque solo tenemos la fuerza común no la cósmica, porque si llegamos a tener las cuatro fuerzas cósmicas ya estaríamos fuera de esta Creación, seriamos parte de otra creación, estaríamos perteneciendo a otro tipo de evolución superior.

A través de la incorporación de la conciencia y la sabiduría de los reinos estamos formando nuestra propia creación interna a medida que vamos avanzando e incorporando todos los componentes y los elementos de la Creación.

A través de todos los tiempos los diferentes maestros de la luz y los maestros ascendidos han venido a traernos diferentes conocimientos que han sido de muchos aportes para la humanidad incluyendo de una manera u otra a todos los seres vivos de todos los reinos, pero son pocos los que han identificado cuales son las herramientas que hay que usar para seguir el camino hacia Dios.

No solo las prácticas que existen en los diferentes grupos espirituales nos sirven para llegar de regreso a casa. Nosotros como humanos que somos tenemos que fijar nuestro objetivo en el camino que nos conduce a los demás reinos superiores.

Desde los reinos de la naturaleza venimos aumentando nuestra conciencia y seguiremos aumentando de grados a través de las dimensiones y los reinos, pero el camino evolutivo sigue hasta la profundidad de la individualidad.

El misterio de los infinitos va más allá de esta Creación, el macrocosmos nos espera, tenemos que nacer para poder penetrar al macrocosmos.

Nosotros somos producto de una inteligencia, somos una esencia proveniente de una conciencia superior, la experiencia se convierte en conciencia y la conciencia se convierte en luz y nosotros somos esa chispa de luz divina que se desprendió de una conciencia y bajó a los reinos primarios a buscar experiencias para evolucionar en el mar conscientivo de los reinos de la Creación.

Nuestro origen está más allá de la luz conscientiva superior; nos toca a nosotros aumentar esa conciencia para poder evolucionar las diferentes formas de vida y las diferentes facetas conscientivas que existen en los diferentes reinos.

Muchas de las almas que nos encontramos aquí en este sistema solar y en este planeta somos almas remanentes de otro sistema solar y de otras galaxias, que solo hemos estado sometidos al sueño de la personalidad humana.

Desde el comienzo de nuestra evolución hemos pasado por diferentes sistemas solares, galaxias y constelaciones.

Como almas remanentes que somos seguiremos navegando en el mar conscientivo de los reinos de la Creación hasta llegar a completar nuestros objetivos de llegar a nuestro verdadero hogar, pero ya no como alma errante sino como almas evolucionadas que han transcendidos todos los obstáculos de todos los reinos y dimensiones que existen.

Una de las dimensiones más densas que existe es la tercera dimensión, es la dimensión de los diferentes delitos y errores que pueda una personalidad humana cometer.

Son muchas las existencias por la cual tenemos que pasar y recorrer todas las culturas de los diferentes países. A través de todas esas culturas es donde nosotros construimos nuestro propio laberinto oscuro que no nos deja avanzar con nuestra conciencia.

Para poder hacer conciencia de quienes somos nosotros en realidad, tenemos que encontrar un guía que nos guíe en el camino espiritual y comenzar a despertar esa personalidad humana que tenemos.

En el mundo evolutivo hay almas que tienen una misión especial de despertar almas que andan errantes por el mundo de la ilusión, por las diferentes existencias y culturas que pueda tener el alma.

Cada paso que damos por cada dimensión nos hace más consciente de que tenemos que avanzar.

Las dimensiones superiores poseen más conciencia, más sabiduría y son más luminosas. En cada faceta de vida de las dimensiones superiores existe un grado de conciencia más evolutivo que nos hace ser más consciente de nuestra misión y de nuestro camino.

Los Diferentes Espacios y Cuerpos a Nivel Cósmico

Microorganismo es un tipo de vida dentro de la Creación perteneciente a la naturaleza y a las dimensiones sumergidas de la Creación.

Organismo es igual a un cuerpo y materia de un mundo pequeño donde se encuentra la vida y el movimiento de un cuerpo que viene en evolución.

Micro es el espacio donde se encuentra un cuerpo y los diferentes mundos; sean sumergidos o visibles.

Microcosmos es el espacio donde existe un cuerpo con una naturaleza interna perteneciente a una Creación, es la evolución de un Ser que viene de un mundo integrando las diferentes conciencias para seguir su evolución a otro estado o a otro mundo más evolucionado.

Eso es el humano, un microcosmos, porque tenemos un cuerpo de materia y dentro de nosotros tenemos nuestra naturaleza interna, por eso se nos da el nombre de dioses en miniaturas.

Mini significa algo pequeño y tura es porque pertenecemos a la naturaleza y a la Creación. Cada mundo tiene su conciencia, su sabiduría y todos esos elementos tenemos que irlos integrando dentro de nosotros mismos para ir creando nuestros propios mundos internos y así pasar a otro estado de conciencia más evolutiva para poder evolucionar a otro mundo o dimensión.

El cosmos es el cuerpo vivo de Dios y todo está dentro de él; nada se mueve sin la voluntad del Creador. Todos los seres humanos somos hijos de él porque estamos dentro de su cuerpo.

Se dice que Dios es un Ser Supremo y que es lo más grande que existe, pero si Dios es un Ser

Supremo, entonces, es algo que posee vida y cuerpo, por lo tanto, el cosmos es su cuerpo.

Cosmos significa cuerpo. ¿Por qué no podemos decirle al cosmos que es un microorganismo? Porque el cosmos es más grande que nosotros y es un cuerpo que está dentro del macrocosmos.

Macro es igual a un espacio inmenso. Cosmos es un cuerpo que está dentro de otra Creación; "Creación paralela".

Macro es un espacio inmenso y cuerpo a la vez. El Creador de todo lo que existe significa: integración de todas las conciencias de la Creación en su conjunto y total dentro del cosmos.

Se le llama el Creador de todo lo que existe porque él es hecho o nosotros estamos hechos a imagen y semejanza del Creador. Él hizo lo mismo que nosotros estamos haciendo en el camino evolutivo, integrando las cuatro fuerzas cósmicas de la Creación, integrando la conciencia de cada reino por donde pasamos y cuando logremos trascender todos los reinos primarios, angelicales y divinos, entonces hemos creado nuestra propia Creación interna y pasaríamos a ser creadores de mundos internos.

Navegando por las Manifestaciones de Dios

Si Dios está en el viento, en la lluvia, también está en los ríos y en los mares, las plantas, constelaciones, en las diferentes galaxias, en las piedras sean grandes o pequeñas y todos son las manifestaciones de Dios, no puede de ninguna manera existir el demonio o como común y corriente las gentes le llama: "El diablo".

Ni en el pajarito más pequeño ni tampoco en los animales sean carnívoros o mansos no puede existir esa entidad demoníaca como se le llama común y corriente.

En el agua no puede estar ninguna entidad maligna y ningún espíritu que venga de algún ser exterior a ese elemento.

En ninguna planta del reino vegetal puede existir la maldad ni el espíritu proveniente de algún cuerpo exterior que pueda hacerle cometer algún error.

Los elementos de la naturaleza son manifestaciones de Dios, la naturaleza en su conjunto es fruto de la propia creación de Dios.

En las estrellas más pequeñas y en las más grandes también está la manifestación del divino creador de todo lo que existe, entonces tampoco puede estar una manifestación maligna luciférica diabólica.

Estamos buscando dónde puede estar tal manifestación diabólica, porque hasta ahora no la hemos podido encontrar en ningún elemental, ni en ninguna piedra del reino mineral, ni tampoco en el reino vegetal.

En la profundidad del cosmos infinito podemos encontrar un sin números de movimientos de las diferentes galaxias con los diferentes sistemas solares, esferas luminosas que también son manifestaciones del divino creador, de ese ser supremo que todo lo ha hecho con su divino poder y sabiduría.

No creo que en alguna manifestación de esa ser encuentren la fuerza luciférica con algún cuerpo que diga: "Aquí estoy yo".

Nuestro astro sol, es una esfera luminosa que nos da luz y energía a todos los seres vivos que existen en nuestro sistema solar, y en muchos sistemas solares existen diferentes soles que le da la vida y llena de energía a todos los seres vivientes que en ello viven, entonces, tampoco no puede haber ninguna fuerza que se llame "El infierno", porque también los diferentes soles son manifestaciones de divino Creador.

Estamos buscando dentro de las diversas manifestaciones de Dios, dentro de lo que se llama el cosmos infinito, ¿en qué lugar y en qué manifestación se encuentra la fuerza luciférica o el lugar llamado "El infierno"?

Aún no hemos podido encontrarlo, porque tampoco podemos decir que se encuentre en un reino angelical, ni mucho menos en un reino altamente divinal, porque en el mundo de los dioses no puede entrar ningún pensamiento cargado de ninguna energía densa que pueda desequilibrar la armonía divina.

Hemos navegado por los diferentes reinos, así como por la inmensidad del cosmos infinito y no podemos decir que existe un ser que se llame "Satanás" o "Lucifer", pero tampoco no hemos encontrado un lugar que se llame "El infierno" donde supuestamente se queman las almas que se desprenden de Dios, las almas que vienen ascendiendo de reino en reino en plena evolución, de vuelta o de regreso a casa.

La humanidad ha estado sometida a la gran mentira de que el infierno existe, pues ya ustedes lo han visto que en esta investigación que hemos hecho a través de los elementos de la naturaleza y a través de los reinos de la Creación no hemos encontrado ningún lugar llamado con ese nombre "El infierno".

Si no está en la naturaleza ni tampoco en ningún reino angelical o divinal tenemos que decirles que podemos buscarlo en el reino humano.

Vamos a ver cómo se puede buscar; existe dentro del ser humano una conciencia que es el resultado de las múltiples experiencias que a través de todas sus existencias hemos venido acumulando y aumentando, sea positiva o negativa, esa conciencia negativa son los diferentes delitos o podemos decir que son los resultados de las diferentes violaciones a las leyes divinas y de la Creación; también podemos decir que son los errores y delitos cometidos en contra de la naturaleza y sus reinos.

Esos delitos y violaciones, que nosotros a través de todas las existencias que hemos tenido, se convierten en deudas kármicas que tenemos que pagar en cualquier existencia donde nos encontremos con un cuerpo y en otro lugar.

Esas deudas se convierten en los diferentes procesos al cual el ser humano es sometido.

Entonces, nosotros somos lo que hemos construido nuestro propio laberinto oscuro interno; nuestro propio lugar llamado equivocadamente por la humanidad "El infierno".

El ser humano tiene que dejar de buscar el llamado infierno fuera de su interior, porque no hay tal lugar infernal, solamente existe un cúmulo de energías negativas en el interior de cada persona.

Esas energías son los diferentes agregados psicológicos que nos hacen cometer los diferentes delitos y errores, son los que nos hacen ganar karmas en cada existencia.

Esas violaciones son las que nos hacen cargar nuestra propia mochila negativa por cada existencia.

Si usted no viola las leyes de la Creación ni las leyes divinas, usted no tendrá deudas kármicas y sus existencias serán libres de procesos y sufrimientos.

Limpie su interior expulsando los agregados psicológicos para que no lleve en su espalda la mochila con sus propias deudas kármicas.

Dentro de nuestro propio mundo interior existe un grado de conciencia negativo que nosotros tenemos que ir trabajando para transformar ese mundo atómico negativo por un estado de conciencia positivo y ponerlo al servicio del orden divino.

Una vez transformado nuestro mundo interior negativo, podemos decir que estaremos liberándonos de la carga negativa y kármicas que hemos venido pagando.

Trabajando con nuestra conciencia, purificando nuestro interior podemos trascender el reino humano.

Tenemos que sacar de nuestro interior ese estado o mundo atómico negativo que nos atrasa nuestra evolución y nuestro camino hacia nuestro verdadero nacimiento.

Tenemos que saber que un estado de conciencia superior es la conciencia de un Maestro que pone al servicio de la humanidad los diferentes conocimientos divinos, esos conocimientos son los que nos van a remover el estado de conciencia negativo que tenemos en nuestro interior.

Por eso, es que los Maestros son nuestros guías, no importa en qué tiempo o época vengan ni con qué conocimiento le traigan a la humanidad, son conocimientos de ese tiempo y de esa época.

El Camino Eterno Hacia el Macrocosmos

Nuestro avance conscientivo en el camino eterno por los reinos de la Creación consiste en la formación de nuestros propios mundos internos, esos son los que nos van a dar el nombre de creador de nuestra propia creación interna.

El objetivo de ir integrando la conciencia de cada reino por donde pasamos es porque cuando completamos nuestra propia evolución por cualquier reino, estaremos formando nuestros propios mundos internos; no podemos tener la conciencia de ningún reino sin haber pasado por él. Tampoco podemos integrar las diferentes facetas conscientivas sin haber llegado a tal reino.

Ese es el largo camino eterno conscientivo que nos espera a través de la Creación y sus leyes que nos rigen.

Hay que completar nuestra misión por el camino hacia el gran nacimiento que nos espera.

En la tercera dimensión el ser humano busca el camino ascendente hacia las dimensiones superiores, pero antes tiene que purificar su personalidad humana; no podemos subir de grado sin haber hecho un trabajo de purificación en la tercera dimensión.

Para trascender esta dimensión tenemos que dejar todo tipo de vicios y errores; tenemos que estar purificados para pasar de un plano a otro.

Tenemos que dejar el mundo de la densidad para pertenecer a un reino más superior de conciencia.

Una vez en la quinta dimensión, ya hemos pasado a un reino más evolucionado y a la vez, tenemos la integración de la conciencia del reino humano.

Nuestro divino Ser es el cosmos infinito diluido en esencia, porque es lo mismo la conciencia diluida en los diferentes reinos, que la integración de ellos en nosotros.

El objetivo de ir pasando por los reinos de la Creación es obtener todas sus sabidurías y sus conciencias para convertirnos en luz y energía.

Somos una mínima parte del todo porque el todo es Dios y Dios está en todo lo que existe, en energía, luz, materia, conciencia y en vida; solo que incrementando nuestra conciencia obtenemos nuestra individualidad superior.

Mientras nos encontremos dentro del cuerpo de Dios no podemos tener nuestra propia individualidad, porque antes de tener una conciencia individual tenemos que integrar las cuatro fuerzas cósmicas, porque mientras estemos dentro del cosmos, que es el cuerpo de Dios, somos una conciencia dentro del Creador.

Dentro de la inmensidad de lo infinito el alma y la evolución podemos decir que no es posible encontrarle fin porque mientras existan los grados de conciencias estaremos evolucionando.

Debemos aumentar nuestra conciencia para convertir nuestro interior en pura luz. Nuestro trabajo se tiene que basar en la purificación de nuestro interior profundo.

Nuestra purificación consiste en aumentar nuestros grados espirituales conscientivos para poder llegar a la luz; a la integración con nuestro padre que espera nuestra llegada.

A través de muchas y miles de existencias hemos venido caminando por un laberinto oscuro lleno de fracasos, errores, caídas, subidas y muchos sufrimientos. Se nos ha hecho difícil encontrar el camino de la purificación de nuestra alma.

Nosotros hemos venido caminando por un camino oscuro lleno de desilusión e ilusión.

El alma y la evolución son eternas dentro de la inmensidad de lo infinito. Podemos decir que no es posible encontrarle fin, porque mientras existan dimensiones desconocidas por nosotros, los seres vivientes de la tercera dimensión o reino humano, seguiremos ascendiendo evolutivamente.

Hay reinos altamente divinales donde solo existen los más altos Jerarcas como lo son: los tronos, potestades y dioses altamente divinales. Son reinos intensamente de luz brillante que solo pueden soportar los dioses de elevada conciencia divina.

Una vez que el ser humano comprenda que cada elemento de la naturaleza es una manifestación de Dios, que todos los reinos tienen su conciencia y su sabiduría, además de que cada ser viviente posee una conciencia, sea elemental o humana, entonces comprenderá que existe un camino evolutivo de conciencia superior.

Si no existieran los reinos de la Creación no sería posible la evolución de nuestra alma, porque solo los reinos sostienen la vida de cada ser viviente que vienen en evolución a otro estado de conciencia.

El Alma en el Camino Divino

A través de todos los tiempos está humanidad ha venido sumergida dentro de un sueño que parece no tener fin, no saben de dónde vienen ni para donde van, tampoco no saben cuál es su misión como alma que somos, solo saben que existe un mundo tridimensional y eso es lo que ellos ven y observan, pero como alma que somos nunca le da la curiosidad de investigarse a sí mismo.

Si comenzarán a investigarse tendrían que comenzar a comprender por qué hay personas que vienen a este mundo a sufrir; unos vienen a sumergirse en la pobreza y otros vienen a sufrir enfermedades por toda una existencia.

La humanidad no sabe ni le importa conocer los grandes misterios que encierra el alma con la Creación.

Todas las personas poseen un alma la cual está regida por la Ley divina, esa ley es la que le regula cada existencia que el alma va teniendo en los diferentes países con sus diferentes personalidades, pero hablando de los misterios que encierra el alma tenemos que descifrar el por qué nosotros como almas soñamos en otro lugar o en otro país, por qué nos vemos actuando o caminando y al mismo tiempo podemos traer esos recuerdos a la actualidad.

Nosotros sabemos que poseemos un cuerpo de materia y también podemos decir que en la noche o cuando nos dormimos estamos acostados en nuestro lecho y que no es posible que el cuerpo se transporte a ese país o a ese lugar, ¿será que en nuestro interior y en nuestra alma se encuentra ese misterio que nos une con la Creación? ¿Por qué existimos y con qué objetivo? ¿Será que existen otros mundos sumergidos en nuestro interior?

Mientras la personalidad humana esté influenciada por el mundo de la ilusión seguirá sumergida en los placeres, las ilusiones y sus pasiones que le brinda el mundo de Maya.

¿Pero dónde queda la evolución del alma? La humanidad vive en un sucesivo proceso de sufrimiento, solo por desconocer su propia verdad interior. Tenemos que decir que en nuestro interior se encuentran los elementos que necesitamos para conocer los diferentes misterios y la realidad que vivimos al diario.

Nosotros podemos liberarnos de los sufrimientos que a diario vivimos.

Existen varios objetivos en nuestra existencia, como persona que somos dentro de la sociedad que vivimos tenemos que realizarnos en el mundo material, una persona se realiza cuando se hace profesional, cuando alcanza los diferentes grados de la personalidad, pero existe otra realización en nosotros los seres humanos de esta tercera dimensión, esa comienza cuando uno como ser humano comienza a estudiar los conocimientos superiores que nos conducen a la profundización y realización del alma.

Hay que estudiar y conocer nuestra misión, nuestro origen, nuestro objetivo espiritual y nuestra realización como alma que somos dentro de la inmensidad del cosmos.

Tenemos que saber que nosotros somos como una chispa luminosa en la creación emanada del Padre Cósmico o del creador de todo lo que existe y también una manifestación viva de la creación en la inmensidad de lo infinito.

Cada dimensión y cada mundo es regido por diferentes leyes, esas son las leyes de la naturaleza, las leyes divinas, la ley del amor y muchas más que en este momento no podemos mencionarlas; hay leyes que rigen a los elementales, otras rigen a las almas que hacen su recorrido por las diferentes existencias, son leyes que gratifican y también cobran; la que gratifican es la ley del dharma y la que cobran es la ley del karma.

Esas dos leyes forman un balance en las almas que aún están dentro del ir y venir de las existencias, solo en la tercera dimensión existe la ley del dharma y la ley del karma, eso solo por ser una dimensión de materia densa, esta dimensión es donde unos sufren y otros vienen a recibir el fruto que fue sembrado en otras existencias.

Tenemos que trascender el plano humano por medio de la purificación del alma y la purificación de los sentidos.

La tercera dimensión es de dolor, sufrimiento y amargura por ser esta regida por tantas leyes a la cual es sometida.

Tenemos que convertirnos en auténticos trabajadores de la luz. Si cumplimos ese objetivo daremos el gran salto a otro plano superior de conciencia. En la tercera dimensión el ser humano se encuentra sumergido en la inconciencia y siempre en las violaciones de las leyes de la Creación, por eso, es que siempre estarán sometidos al vaivén de las existencias y al pago de los diferentes karmas y procesos que el alma trae a este mundo tridimensional.

Toda alma tiene que buscar el camino de la purificación, de la iluminación y de la ascensión.

Para iluminar nuestra alma tenemos que trabajar con nuestro interior sacando de nuestra mente todas aberraciones psicológicas, como es el mal comportamiento con la naturaleza y con la misma creación y sus leyes.

Cuando el alma se purifica nos convertirnos en plena manifestación genuina del Creador.

Cuando el alma se une con nuestro Real Ser alcanza la plena iluminación interna y se une con la conciencia superior de nuestro amado Dios interno.

La purificación y la conciencia superior es el camino que nos llevará a la unión verdadera con el creador de todo lo que existe.

A través del tiempo hemos creado una personalidad que está sometida bajo la presión egoica del mundo de la ilusión, esa personalidad es el micrófono del alma, es por donde se expresa lo positivo o lo negativo.

Cuando el alma encuentra el camino de regreso hacia Dios comienza el camino de grandes investigaciones sobre el conocimiento superior donde nos llevará a conocer los grandes misterios que encierra el camino de la purificación, la ascensión y la Creación.

Conclusión

En este libro hemos querido plasmar un conocimiento de alto contenido de conciencia, el cual nos abre las puertas hacia otro campo del saber divino y nos da a entender qué tan profundo es el cosmos y la Creación. A medida que vayan escudriñando esta obra van a ir descubriendo el misterio que encierra los mundos y las dimensiones que existen en la Creación.

Las profundidades de lo infinito encierran tantas sabidurías que no son suficientes los Maestros que han pasado por esta humanidad para que este mundo despierte y comprenda que en esta tercera esfera solo se ve un veinticinco porciento de todo lo que existe.

Queremos decirle a todos los que lean esta obra, que comprendan que en todo lo que existe ahí se encuentra manifestada la conciencia de Dios y de la Creación, nuestro ascenso es infinito, como infinito son los niveles de conciencia que existen en las diferentes humanidades del cosmos.

También hemos querido enseñarles que la evolución tampoco tiene fin, porque mientras existan los mundos, las dimensiones y la misma creación no será posible el final de la evolución y la vida misma.

Este libro titulado "MÁS ALLÁ DE LA CREACIÓN" es dedicado con todo respeto y con una gran admiración a mi querido gurú: El Venerable Maestro Ascendido Desoto que con mucho empeño y sabiduría supo guiar mi camino iniciático, queriendo buscar en mí el crecimiento espiritual y conscientivo, para llevarme rumbo a la gran victoria evolutiva.

También queremos decirles que no basta con creer lo que se nos dice, sino investigar los diferentes aspectos de la Creación.

La verdad está en las profundidades de nosotros mismos, ya que nosotros somos dioses en miniaturas (todo está en ti, búscalo).

El autor: Jesús Salazar